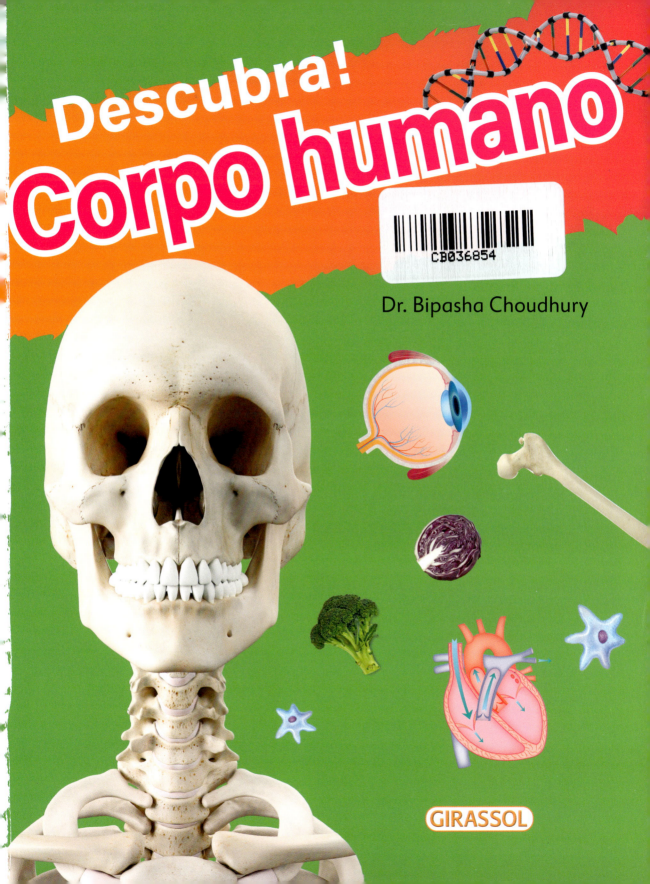

Editoras de texto Kathleen Teece e Kritika Gupta
Designer Emma Hobson
Assistente de design Bettina Myklebust Stovne
Editora de arte do projeto Yamini Panwar
Designers DTP Ashok Kumar e Dheeraj Singh
Editoras-chefe Laura Gilbert e Monica Saigal
Editores-chefe de arte Diane Peyton Jones e Neha Ahuja Chowdhry
Coordenadora de sobrecapa Francesca Young
Designer de sobrecapa Amy Keast
Pesquisa de imagem Sakshi Saluja
Produtora de pré-produção Marina Hartung
Produtora Isabell Schart
Diretor de arte Martin Wilson
Editora Sarah Larter
Diretora editorial Sophie Mitchell
Consultora educacional Jacqueline Harris

Publicado pela primeira vez na Grã-Bretanha em 2017 por Dorling Kindersley Limited

Copyright © 2016 Dorling Kindersley Limited
Uma empresa Penguin Random House

Publicado no Brasil por
Girassol Brasil Edições Eireli
Av. Copacabana, 325, Sala 1301, 18 do Forte
Alphaville – Barueri – SP – 06472-001
leitor@girassolbrasil.com.br
www.girassolbrasil.com.br

Diretora editorial Karine Gonçalves Pansa
Coordenadora editorial Carolina Cespedes
Assistente editorial Talita Wakasugui e Bruna Orsi
Tradução e edição Monica Fleischer Alves
Revisão Ricardo Barreiros
Diagramação Deborah Takaishi

Impresso no Brasil
PARA MENTES CURIOSAS
www.dk.com

Sumário

4   De dentro para fora

6   Crescimento

8   O esqueleto

10 O crânio

12 O cérebro

14 Sistema nervoso

16 Força muscular

18 Órgãos

20 De coração para coração

22 Respiração

24 Sangue

Enrolar a língua

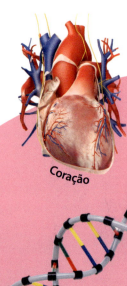
Coração

Feto

Cérebro

26	Esquadrão imunológico	48	Emoções
28	A cura	50	Bactérias da pele
30	Digestão	52	Bactérias... ou vírus?
32	Captando energia	54	Exercícios
34	Dentes	56	Super-humano
36	O relógio biológico	58	Corpo humano: fatos e números
38	Genes	60	Glossário
40	Sentidos	62	Índice
42	Olhos	64	Agradecimentos
44	Audição		
46	Paladar e olfato		

Dente

Estômago

Glóbulos vermelhos

Músculos

Crânio

DNA

A célula
É a menor parte viva do corpo. Células diferentes fazem trabalhos diferentes.

! UAU!

Há mais de **37,2 trilhões** de células em média em um humano.

Tecidos
Células semelhantes formam tecidos. Existem quatro tipos de tecidos no corpo, incluindo o tecido muscular.

Tecidos no fígado desempenham funções semelhantes, como eliminar as toxinas da comida.

De dentro para fora

Nosso corpo é composto de 300 ossos, 24 órgãos, 11 sistemas orgânicos e pelo menos 8 metros de intestino! O cérebro comanda todos eles ajudando-os a trabalhar juntos. A pele funciona como uma embalagem impermeável e forte que mantém o corpo unido.

Órgãos
Tecidos semelhantes se juntam para formar órgãos, como o coração e os rins.

Sistema orgânico

Órgãos que realizam trabalhos semelhantes compõem sistemas, como por exemplo o sistema digestório.

Órgãos digestivos ajudam a decompor o alimento para o corpo.

O corpo

Os diferentes sistemas orgânicos se unem para formar um único ser humano: você!

A célula

As células são compostas de estruturas ainda menores que as ajudam a realizar seu trabalho. Uma membrana plasmática envolve cada célula. Ela funciona como uma cerca que controla o que entra na célula.

Citoplasma é uma mistura pastosa dentro da célula.

Membrana plasmática

O núcleo controla a célula.

Estrutura da célula

Crescimento

Os ossos começam a se formar por volta das seis semanas de vida dentro do útero materno e continuam crescendo até a idade adulta. À medida que os ossos vão se tornando mais longos, os músculos crescem e ficam mais fortes. Os órgãos também crescem e nós ficamos mais pesados.

Embrião
A vida começa no útero da mãe como uma bola de células chamada embrião. As células se dividem para que haja mais células para formar o feto.

Infância
Geralmente, os bebês começam a andar por volta de um ano. Muitos de seus ossos ainda são muito moles.

12 anos
Os ossos continuam a crescer e a criança vai ficando mais alta. Elas precisam se exercitar para deixar seus ossos mais fortes.

Com seis semanas, o embrião mede cerca de 5 milímetros de comprimento.

O feto está aninhado no útero.

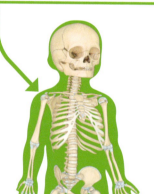

As células ósseas endurecem e tornam os ossos fortes.

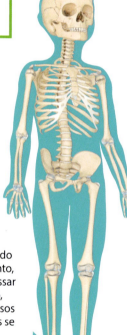

Ao longo do crescimento, com o passar do tempo, muitos ossos dos bebês se unem.

Feto
Demora nove meses para um bebê crescer. Enquanto ele está no ventre materno, é chamado de feto.

4 anos
A maior parte dos ossos moles da infância já endureceu por volta dos quatro anos.

Os hormônios dizem aos ossos para continuar crescendo.

Adulto

Um adulto está totalmente desenvolvido por volta dos 18 anos. Isso significa que seus ossos não vão crescer mais.

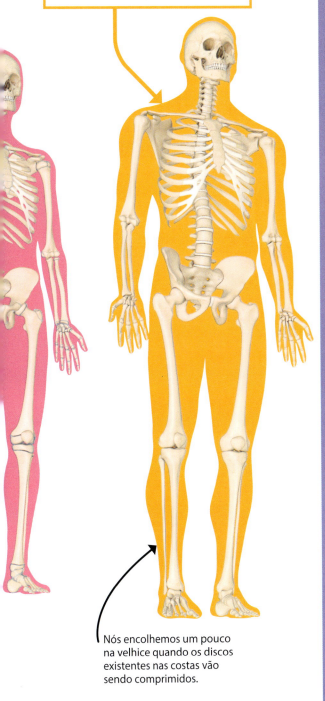

Nós encolhemos um pouco na velhice quando os discos existentes nas costas vão sendo comprimidos.

Formas dos ossos

Temos diferentes formas de ossos que nos ajudam a nos mover de maneiras diferentes. Cada forma combina com a função daquele osso no corpo. Ossos pequenos possibilitam muitos movimentos. Outros ossos servem para nos dar apoio e força.

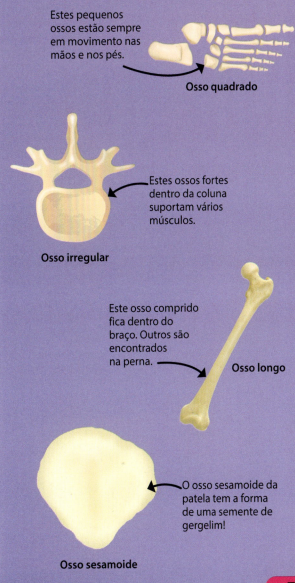

Estes pequenos ossos estão sempre em movimento nas mãos e nos pés.

Osso quadrado

Estes ossos fortes dentro da coluna suportam vários músculos.

Osso irregular

Este osso comprido fica dentro do braço. Outros são encontrados na perna.

Osso longo

O osso sesamoide da patela tem a forma de uma semente de gergelim!

Osso sesamoide

O esqueleto

Os ossos mantêm unidas as partes do corpo, sustentando-o em pé. Eles protegem órgãos moles como o coração. Os ossos armazenam o cálcio tão necessário nas importantes tarefas do corpo. A medula existente dentro de cada osso produz novos glóbulos vermelhos, que levam oxigênio às partes do nosso corpo. Os músculos puxam os ossos, fazendo você se movimentar.

Raios X

Imagens de raios X mostram os ossos através da pele. O médico vai pedir um raio X se achar que seu osso está quebrado.

Nas imagens de raio X, os ossos são mostrados em branco por serem as partes mais sólidas.

Coluna

Esta coluna que desce pelas suas costas é composta de 33 ossos. Ela protege a medula espinhal, que conecta o corpo e o cérebro.

Osso da coluna

Ulna

Carpais

Clavícula

Crânio

Coluna

Costelas

Úmero

Rádio

Pélvis

Cartilagem

A cartilagem mole conecta os ossos que precisam se movimentar juntos, como as costelas quando respiramos.

A cartilagem, em azul, envolvida por outro tecido.

Interior da cartilagem

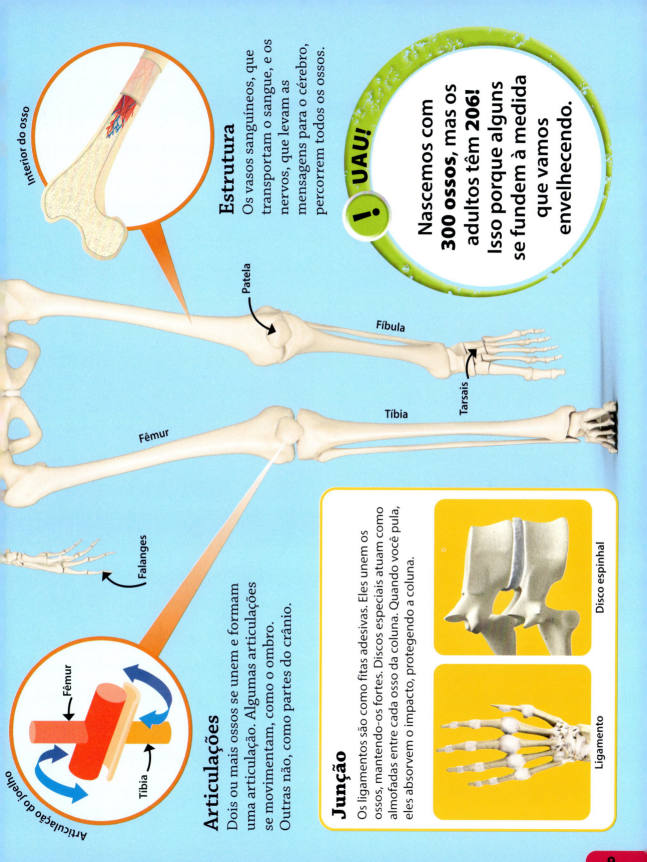

Estrutura
Os vasos sanguíneos, que transportam o sangue, e os nervos, que levam as mensagens para o cérebro, percorrem todos os ossos.

UAU!
Nascemos com **300 ossos**, mas os adultos têm **206**! Isso porque alguns se fundem à medida que vamos envelhecendo.

Articulações
Dois ou mais ossos se unem e formam uma articulação. Algumas articulações se movimentam, como o ombro. Outras não, como partes do crânio.

Junção
Os ligamentos são como fitas adesivas. Eles unem os ossos, mantendo-os fortes. Discos especiais atuam como almofadas entre cada osso da coluna. Quando você pula, eles absorvem o impacto, protegendo a coluna.

9

O crânio

Pode parecer um grande pedaço de osso, mas o crânio é formado por mais de 20 ossos diferentes. É essa estrutura incrível que mantém seguros o cérebro, os olhos e os ouvidos. Os ossos são muito duros. Por isso, se você bater a cabeça, o crânio mantém seu cérebro em segurança.

Maxilar superior
Você pode sentir o interior da sua mandíbula superior tocando o céu da boca.

Temos mais de 20 músculos ligados aos ossos do crânio. Eles nos ajudam a sorrir, fazer careta e comer.

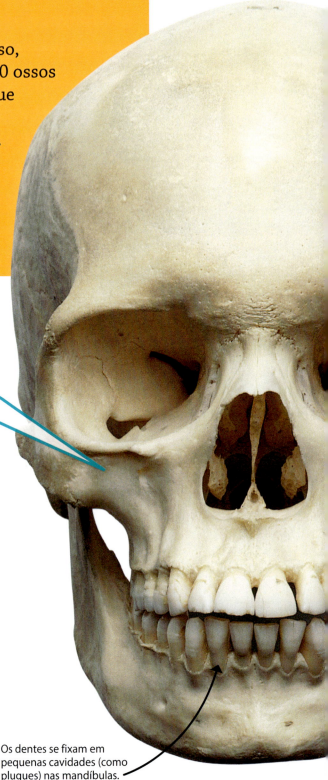

Os dentes se fixam em pequenas cavidades (como plugues) nas mandíbulas.

Crânio
Esta é a caixa do cérebro. Ela é dura e forte e é composta de oito ossos. Ela funciona como um capacete protetor do cérebro.

Túneis levam os sons dos ouvidos para o cérebro.

Seis minúsculos músculos ligados às órbitas oculares movimentam os globos oculares.

UAU!
Pequenos **buracos** no crânio permitem que **vasos sanguíneos** e **nervos** alcancem o cérebro.

Maxilar inferior
Você consegue mastigar porque o maxilar inferior pode se movimentar, ao contrário de qualquer outra parte do crânio. Os músculos se contraem (encurtam) para mover o maxilar.

O crescimento do crânio
A forma e o tamanho do crânio mudam à medida que envelhecemos. Enquanto nossos cérebros crescem, os ossos do crânio também precisam crescer. O crânio de um bebê é molinho porque tem que ser o menor e o mais flexível possível durante o parto. Os ossos endurecem com o passar do tempo para formar o resistente crânio adulto.

O crânio do recém-nascido
Os ossos do crânio são separados e deslizam um sobre o outro durante o nascimento.

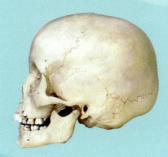
O crânio aos 6 anos
Como o cérebro parou de crescer, os ossos do crânio começam a se juntar.

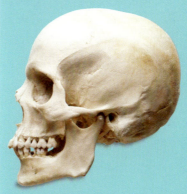
O crânio adulto
O cérebro e o crânio pararam de crescer. Os ossos se juntaram para formar uma caixa forte em volta do cérebro.

O cérebro

O cérebro é o centro de controle do seu corpo. Esse órgão enrugado controla tudo o que você faz, desde respirar até reconhecer o rosto de seus amigos. Ele é cheio de conexões elétricas que lhe dizem como entender a linguagem, como fazer contas e como usar sua imaginação.

! UAU!

O cérebro contém cerca de **86 bilhões** de neurônios!

Lado direito e esquerdo

A metade direita do cérebro controla o lado esquerdo do corpo, e a metade esquerda, o seu lado direito. Os dois lados do cérebro são ligados por uma espessa faixa de fibras.

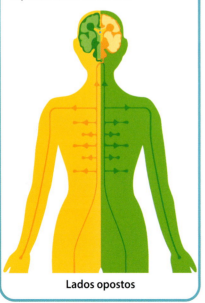

Lados opostos

Felicidade

Personalidade

A parte da frente do seu cérebro controla muitas coisas, inclusive a sua personalidade. Ela é chamada de lobo frontal.

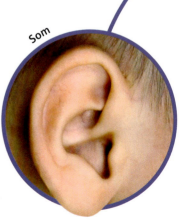

Som

Audição

Os sons que ouvimos são trabalhados nesta parte do cérebro, para que possamos dizer se eles são altos, suaves ou estridentes.

Sistema nervoso

O cérebro tem muitas conexões elétricas com o restante do corpo. Essas conexões são chamadas de nervos. Elas carregam mensagens do e para o cérebro. Ele, por sua vez, diz ao nosso corpo para se movimentar, e o corpo diz ao cérebro o que está acontecendo à nossa volta. Temos tantos nervos que não conseguimos contar!

Cérebro
Os nervos dizem ao cérebro o que podemos ver e ouvir, além de outras informações.

Medula espinhal
Os nervos que saem da medula espinhal são chamados nervos espinhais. Eles percorrem o corpo todo.

Movimento
Os nervos transportam as instruções do cérebro até os músculos para dizer quando ocorrerá e qual será o esforço necessário para realizar a tarefa.

Músculos abdominais
Os nervos dizem a esses músculos para dobrar o corpo para que você toque os dedos do seu pé.

Nervos mensageiros
Mensageiros químicos, os chamados neurotransmissores, passam as informações do final de um nervo para o início do outro.

Neurotransmissores são liberados de um nervo.

A mensagem é passada adiante.

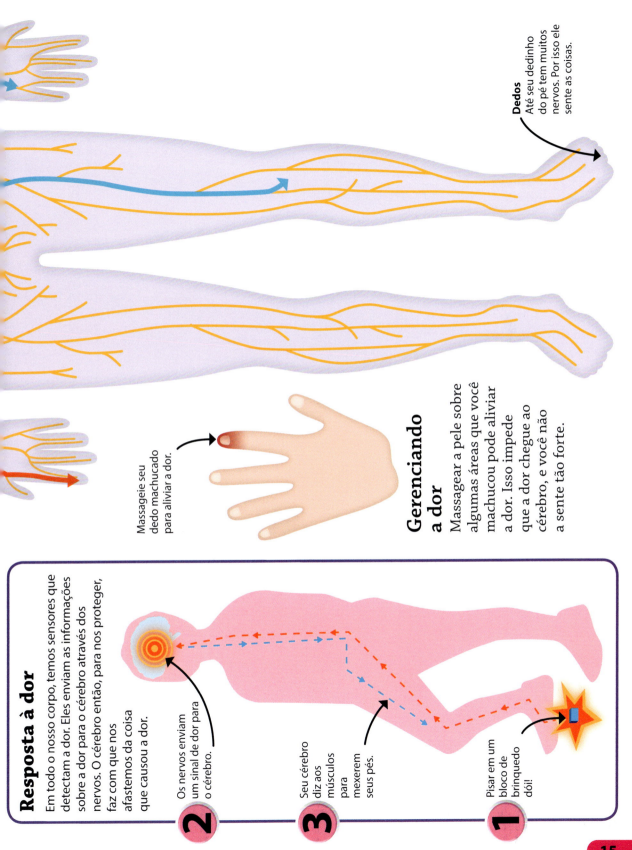

Dedos
Até seu dedinho do pé tem muitos nervos. Por isso ele sente as coisas.

Massageie seu dedo machucado para aliviar a dor.

Gerenciando a dor
Massagear a pele sobre algumas áreas que você machucou pode aliviar a dor. Isso impede que a dor chegue ao cérebro, e você não a sente tão forte.

Resposta à dor
Em todo o nosso corpo, temos sensores que detectam a dor. Eles enviam as informações sobre a dor para o cérebro através dos nervos. O cérebro então, para nos proteger, faz com que nos afastemos da coisa que causou a dor.

1 Pisar em um bloco de brinquedo dói!

2 Os nervos enviam um sinal de dor para o cérebro.

3 Seu cérebro diz aos músculos para mexerem seus pés.

15

Força muscular

Você usou os músculos das suas mãos para virar esta página. Os músculos se contraem (encurtam) para provocar o movimento. Eles são ligados aos ossos e os puxam para fazer com que as partes do seu corpo se movam. Há músculos que empurram a comida através do sistema digestório e o sangue pelo corpo.

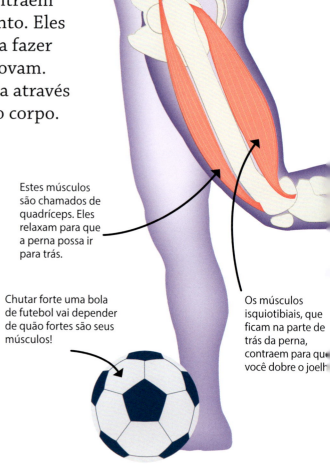

Pares musculares

Os músculos trabalham em conjunto para realizar movimentos suaves, seja para pegar um copo ou praticar esportes. Quando você levanta a perna para trás para chutar uma bola de futebol, os músculos da parte de trás da perna se contraem. Ao mesmo tempo, os músculos da frente relaxam.

Estes músculos são chamados de quadríceps. Eles relaxam para que a perna possa ir para trás.

Chutar forte uma bola de futebol vai depender de quão fortes são seus músculos!

Os músculos isquiotibiais, que ficam na parte de trás da perna, contraem para que você dobre o joelho.

Tipos de músculos

No seu corpo, há três tipos de músculos: liso, cardíaco e esquelético. O músculo esquelético se contrai quando nós queremos. Os outros tipos têm vontade própria!

Músculo liso
Todos os vasos sanguíneos e a maioria dos órgãos têm esse tipo de músculo. Ele alinha os diferentes tubos que transportam sangue e comida. Esse músculo se contrai quer a gente queira ou não!

Os músculos se contraem para pressionar a comida pelos tubos intestinais.

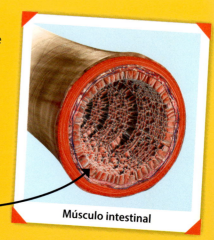

Músculo intestinal

Camada muscular

O músculo esquelético fica prensado entre os ossos e a pele. Às vezes, você pode ver o formato do músculo sob a pele em áreas musculosas, como o ombro.

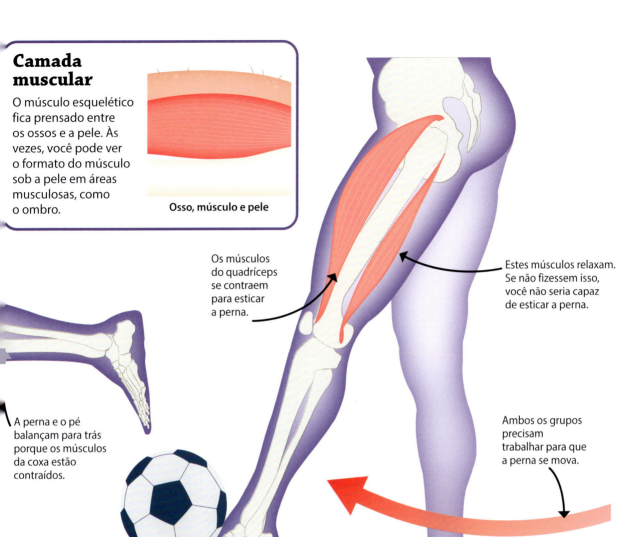

Osso, músculo e pele

Os músculos do quadríceps se contraem para esticar a perna.

Estes músculos relaxam. Se não fizessem isso, você não seria capaz de esticar a perna.

A perna e o pé balançam para trás porque os músculos da coxa estão contraídos.

Ambos os grupos precisam trabalhar para que a perna se mova.

Músculos cardíacos

O músculo cardíaco só é encontrado no coração. Mesmo sem você mandar, ele bombeia sangue para dentro dos vasos sanguíneos e pelo corpo todo.

O coração é um grande e importante saco de músculo.

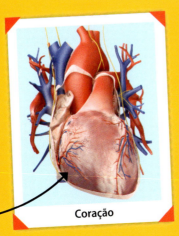

Coração

Músculo esquelético

Você não seria capaz de fazer caretas engraçadas sem o músculo esquelético. Ele se contrai para ajudar você a erguer as sobrancelhas e estufar as bochechas.

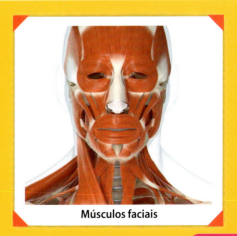

Músculos faciais

Coloque os órgãos no lugar certo!

Órgãos

Cada um dos 24 órgãos existentes no seu corpo tem uma tarefa especial a fazer. Os órgãos trabalham em conjunto para realizar as tarefas. Quando você inspira e expira pelo nariz, você também usa os pulmões e a traqueia. Ligue os oito órgãos que faltam neste corpo.

Transplante de órgãos

Um transplante ocorre quando os médicos removem um órgão que não está funcionando de forma adequada e o substituem por um saudável.

Transporte de um órgão a ser implantado.

! UAU!
A pele é o **maior órgão** do corpo humano!

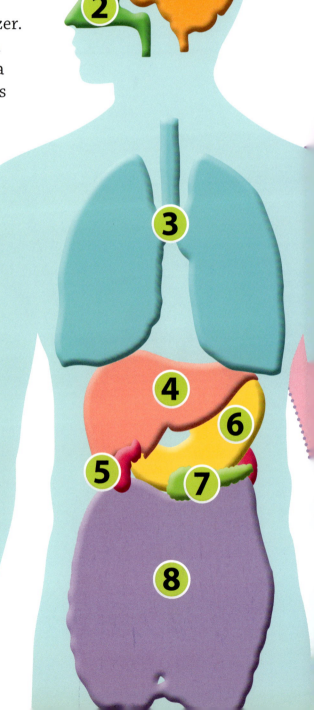

18

Fígado
O fígado processa os alimentos e é um dos órgãos mais pesados no corpo.

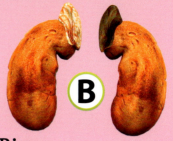

Rins
Eles limpam o sangue para produzir a urina. São conectados à bexiga. Temos dois rins, mas podemos sobreviver com um só!

Nariz
Pelos dentro do nariz prendem a sujeira para manter nossos pulmões limpos quando respiramos. Ele também detecta cheiros desagradáveis!

Estômago
Este órgão decompõe o alimento usando ácidos que transformam a comida em uma papa. O estômago se estica quando comemos.

Pâncreas
O pâncreas produz um suco para decompor os alimentos e mantém normais os níveis de açúcar no sangue.

Intestinos
Cada partícula dos nutrientes dos alimentos que você come é absorvida pelos intestinos antes de se tornar cocô.

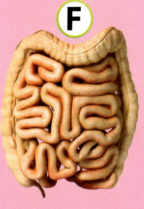

Cérebro
Ele controla o corpo todo por meio de conexões elétricas.

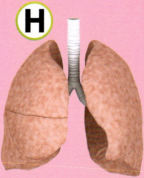

Pulmões
Os pulmões tiram o oxigênio do ar e o entregam ao sangue. São unidos pela traqueia.

Respostas: 1G, 2C, 3H, 4A, 5B, 6D, 7E, 8F

De coração para coração

A função do coração é bombear sangue pelo corpo. Esse órgão é como uma casa de dois andares, com dois quartos em cada um. O sangue que vem dos pulmões e do corpo é recebido nos átrios, que ficam na parte de cima do coração. Em seguida, ele passa pelos superfortes ventrículos, que ficam embaixo, e é levado para o corpo e para os pulmões.

Bombeando o sangue

O coração é um saco de músculos. Ele envia sangue para os pulmões e para o restante do corpo pelos vasos sanguíneos. O oxigênio pode, portanto, atingir as partes do corpo, mantendo-as saudáveis, e o dióxido de carbono no sangue chega aos pulmões para ser expelido.

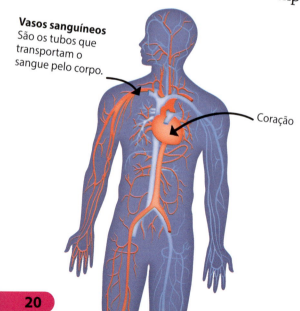

Vasos sanguíneos
São os tubos que transportam o sangue pelo corpo.

Coração

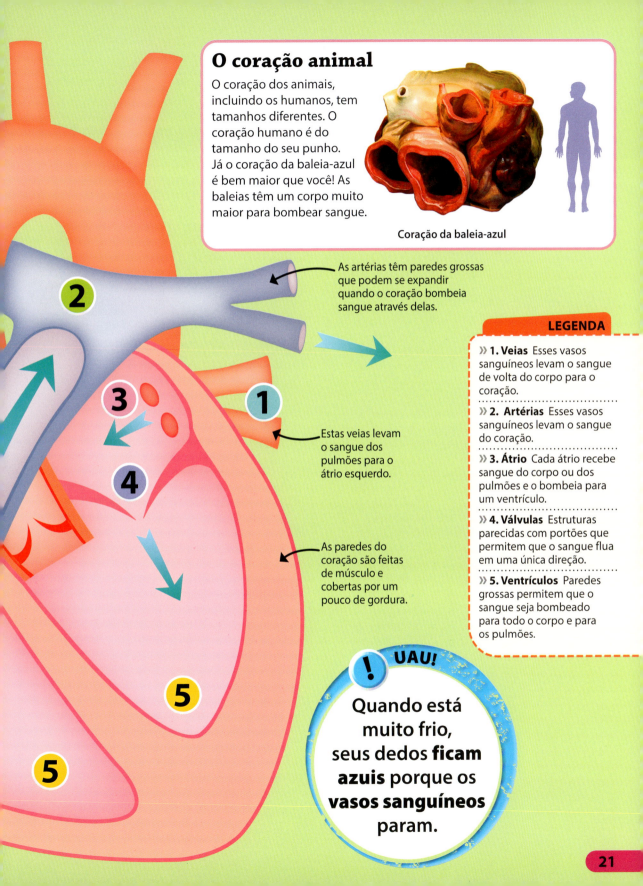

O coração animal

O coração dos animais, incluindo os humanos, tem tamanhos diferentes. O coração humano é do tamanho do seu punho. Já o coração da baleia-azul é bem maior que você! As baleias têm um corpo muito maior para bombear sangue.

Coração da baleia-azul

As artérias têm paredes grossas que podem se expandir quando o coração bombeia sangue através delas.

Estas veias levam o sangue dos pulmões para o átrio esquerdo.

As paredes do coração são feitas de músculo e cobertas por um pouco de gordura.

LEGENDA

» **1. Veias** Esses vasos sanguíneos levam o sangue de volta do corpo para o coração.

» **2. Artérias** Esses vasos sanguíneos levam o sangue do coração.

» **3. Átrio** Cada átrio recebe sangue do corpo ou dos pulmões e o bombeia para um ventrículo.

» **4. Válvulas** Estruturas parecidas com portões que permitem que o sangue flua em uma única direção.

» **5. Ventrículos** Paredes grossas permitem que o sangue seja bombeado para todo o corpo e para os pulmões.

UAU!

Quando está muito frio, seus dedos ficam **azuis** porque os **vasos sanguíneos** param.

21

Respiração

Quando inspiramos e expiramos o ar para dentro e para fora dos pulmões, estamos respirando. Isso mantém vivas as células do corpo. Ponha a mão sobre seu peito e respire fundo. Você vai sentir o ar entrando em seus pulmões enquanto seu peito sobe. Os órgãos que usamos para respirar compõem o sistema respiratório.

Asma

Condições respiratórias como a asma tornam a respiração difícil. Os tubos para o transporte de oxigênio nos pulmões incham internamente e produzem muco, o que impede a passagem do oxigênio.

Os inaladores de asma acalmam as vias aéreas.

Oxigênio e dióxido de carbono

Esses dois gases são encontrados no ar que respiramos. As plantas absorvem o dióxido de carbono e liberam oxigênio no ar. Esse movimento é o oposto do que os humanos fazem!

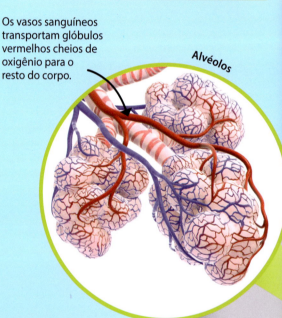

Os vasos sanguíneos transportam glóbulos vermelhos cheios de oxigênio para o resto do corpo.

Alvéolos

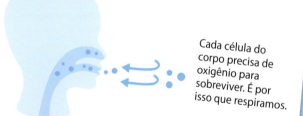

Cada célula do corpo precisa de oxigênio para sobreviver. É por isso que respiramos.

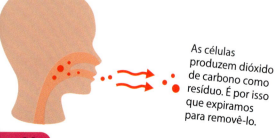

As células produzem dióxido de carbono como resíduo. É por isso que expiramos para removê-lo.

Transportando o oxigênio

Os glóbulos vermelhos agem como caminhões de entrega. Eles captam o oxigênio dos alvéolos e o transportam para todas as células do corpo através dos vasos sanguíneos.

22

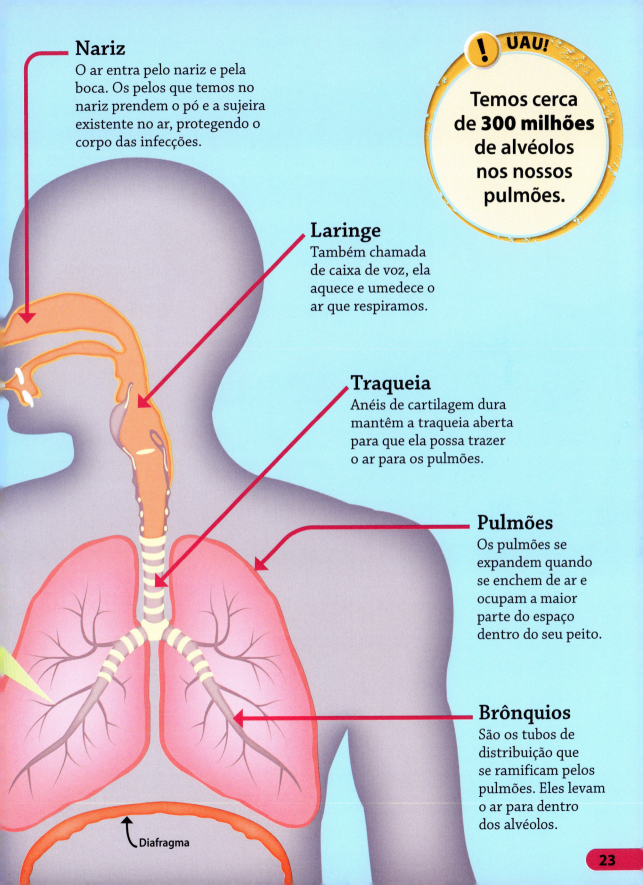

Sangue

O sangue contém uma mistura de células. Ao pulsar, ele realiza três importantes funções no nosso corpo viajando pelos vasos sanguíneos. A primeira é levar oxigênio às partes do corpo para que elas funcionem. Ele também remove o dióxido de carbono das células do corpo e o leva de volta para os pulmões para ser expelido. E a última é o combate às infecções.

! UAU!
Os **glóbulos vermelhos** vivem apenas **120 dias!**

Tipos sanguíneos

Seu sangue se encaixa em um dos quatro diferentes grupos sanguíneos. Tudo depende do tipo de antígeno (identificação) que cada glóbulo vermelho tem em sua superfície. Se o antígeno é do tipo "A", então o sangue será do grupo sanguíneo A.

Grupo O
Sem antígenos na superfície.

Grupo A
As bolinhas amarelas mostram o antígeno A.

Grupo B
As setas azuis mostram o antígeno B.

Grupo AB
Este grupo tem ambos os antígenos.

O plasma compõe 54% do sangue.

Plasma

O plasma viscoso é uma mistura de água e proteínas. A água tem sais e mantém o corpo em funcionamento. As proteínas são necessárias para o transporte das coisas pelo corpo. Os anticorpos que lutam contra as infecções também são encontrados no plasma.

O plasma é mais leve que os glóbulos vermelhos e brancos.

Glóbulos brancos

Os glóbulos brancos são como soldadinhos que lutam contra as bactérias e os vírus que entram no corpo. Há diferentes tipos de glóbulos brancos, cada um com uma função.

Glóbulos brancos e plaquetas correspondem a 1% do sangue.

Plaquetas

Quando você se fere e o sangue começa a sair, as plaquetas correm para ajudar. Elas se unem e formam um tampão que fará parar o sangramento.

Estas minúsculas células podem passar por espaços pequenos.

Glóbulos vermelhos

Os glóbulos vermelhos tornam o sangue vermelho. Essa cor é obtida numa substância chamada hemoglobina, que transporta o oxigênio e o dióxido de carbono pelo corpo.

Glóbulos vermelhos correspondem a 45% do sangue.

Esquadrão imunológico

As células sanguíneas vivem atentas ao perigo. Os invasores podem entrar no seu corpo pelo ar ou por um corte na pele. Os glóbulos brancos são os pequenos super-heróis encarregados de combatê-los! Eles fazem parte do seu sistema imunológico, que mantém você saudável.

Os glóbulos brancos trabalham em equipe. Há um grupo de patrulha, um de mensageiros e um ninja. Eles estão sempre prontos para entrar em ação!

Equipe de patrulha

Equipe de mensageiros

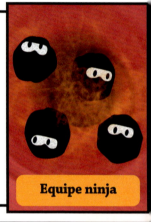

Equipe ninja

A equipe de patrulha perambula pelo corpo para ter certeza de que está tudo em ordem. Ela fica em busca dos invasores, os chamados vírus e bactérias.

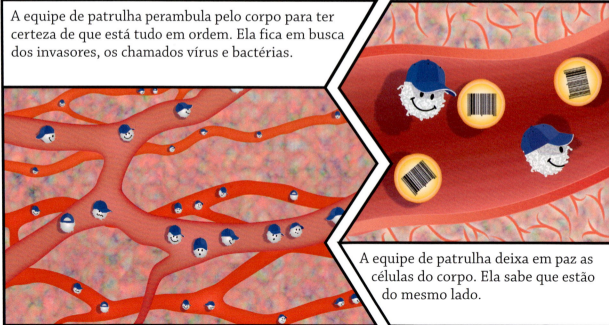

A equipe de patrulha deixa em paz as células do corpo. Ela sabe que estão do mesmo lado.

26

De repente, invasores entram no corpo através de uma ferida. Eles tentam prejudicar as células do corpo, provocando um caos. E são excelentes para provocar um grande dano rapidamente. Eles querem viver no seu corpo.

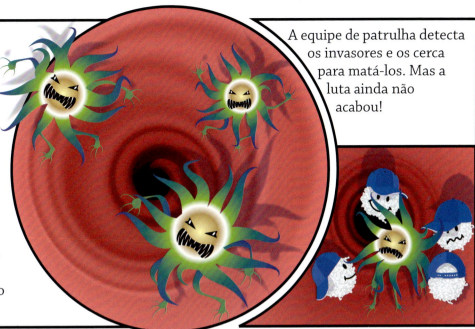

A equipe de patrulha detecta os invasores e os cerca para matá-los. Mas a luta ainda não acabou!

Existem muitos invasores a serem combatidos! Os mensageiros correm para pedir ajuda à equipe ninja. E avisam que tipo de arma a equipe deve trazer.

A equipe ninja faz milhares de cópias de si mesma. Um verdadeiro exército que derrota os invasores!

Alguns membros da equipe ninja se transformam em células de memória, que se lembram dos invasores. Se o mesmo invasor tentar atacar novamente, a equipe ninja estará pronta...

27

A cura

Seu corpo tem várias maneiras de verificar se está tudo em ordem ou não. A cura acontece quando o corpo se repara, tornando-se saudável novamente. Temos exércitos de células de reparo que entram em ação sempre que alguma coisa não vai bem. O trabalho deles é nos deixar novos em folha outra vez!

Coagulação sanguínea

Quando você se corta, as células do sangue se unem, formando um tampão chamado coágulo. Isso impede que você perca muito sangue.

Cicatrização óssea

O corpo recupera ossos quebrados unindo os vários pedaços. Se o estrago for grande, os médicos usarão pinos para juntar os ossos.

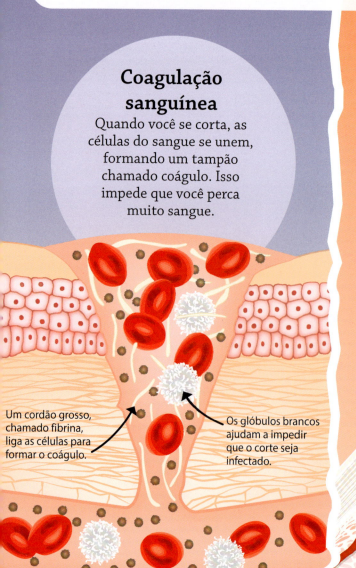

Um cordão grosso, chamado fibrina, liga as células para formar o coágulo.

Os glóbulos brancos ajudam a impedir que o corte seja infectado.

Células ósseas produzem um novo osso para ajudar na cicatrização.

Pele nova

A camada superior da sua pele é substituída todo mês. Quando você se corta, as células de reparo do corpo podem deter rapidamente o sangramento e produzir uma pele nova.

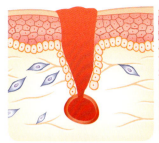

A pele cortada sangra
O sangue escapa dos vasos sanguíneos afetados para a pele.

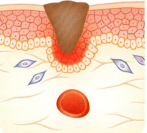

Coágulos de sangue
Os coágulos formam uma crosta e interrompem o sangramento. As células de reparo começam a trabalhar.

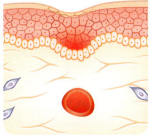

Forma-se uma nova pele
As células de reparo produzem uma nova pele para fechar o espaço.

Reparo do cérebro

Os neurônios (células cerebrais) trabalham em conjunto para realizar a atividade cerebral. Eles fazem novas conexões constantemente. Se o cérebro for ferido, eles trabalham para fazer os reparos necessários.

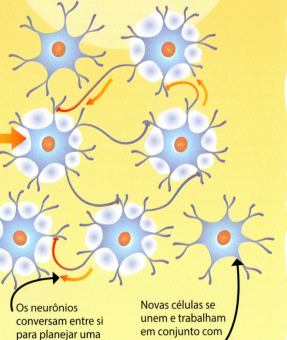

Os neurônios conversam entre si para planejar uma resposta de cura.

Novas células se unem e trabalham em conjunto com os neurônios.

Durma!

Durante o sono, o corpo trabalha para reparar os músculos, arquivar memórias e se preparar para o dia seguinte. Esse é o melhor processo de cura.

Digestão

A comida, além de gostosa, fornece os nutrientes e a energia necessária para manter o corpo em funcionamento. No entanto, o corpo só pode aproveitar o alimento que é quebrado em partes minúsculas. Esse processo é chamado de digestão. A comida é processada em órgãos como o estômago, antes que os intestinos absorvam as partes úteis.

Fibra

As partes da comida que não aproveitamos, como as fibras, passam pelos intestinos e saem do corpo em forma de cocô. Embora não possamos digerir as fibras, é importante ingeri-las para ajudar a manter saudáveis os intestinos.

Alimentos ricos em fibra

Observando o interior

Os médicos podem ver o interior do seu corpo para verificar se você está bem. Esta pequena câmera pode ser engolida e tirar fotos enquanto se movimenta nos intestinos.

Cápsula endoscópica

> **! UAU!**
> Nossos intestinos têm **6,5 metros** de extensão, ou seja, são quase tão longos quanto **um ônibus!**

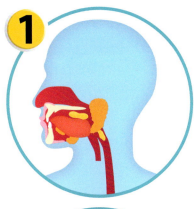

Boca
Quando você mastiga, seus dentes quebram a comida em pedaços bem pequenininhos antes que você a engula!

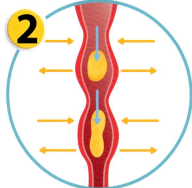

Esôfago
É por este tubo que a comida mastigada desce até chegar ao estômago.

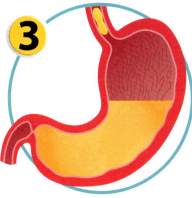

Estômago
O estômago mistura a comida, transformando-a numa sopa grossa. Ele produz um ácido forte que ajuda a dissolver os alimentos e mata as bactérias.

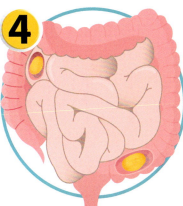

Intestinos
Eles absorvem as partes da comida que o corpo pode usar. Todo o restante será transformado em cocô.

Captando energia

É dos alimentos que comemos que conseguimos a energia para fazer as coisas, como correr, por exemplo. Até o ato de pensar exige muita energia! Os nutrientes de que necessitamos são encontrados nos mais diferentes alimentos. Para manter o corpo saudável, é importante comer mais do que há nos círculos grandes desta página, e menos daquilo que aparece nos círculos menores.

Colesterol
Colesterol é o tipo de gordura que ajuda nossas células a trabalhar e se manter saudáveis. Você não deve comer essas coisas em excesso.

Ovos

Carne vermelha

Vitaminas
O corpo necessita de vitaminas para prevenir infecções e ajudar a formar e reparar as células do corpo. Frutas e vegetais frescos têm muitas vitaminas.

Repolho roxo · Laranjas · Brócolis · Abacaxi · Pimentões · Morangos

70% do seu corpo é feito de água.

Açúcares
Os açúcares fornecem energia rápida e só devem ser consumidos em pequenas quantidades.

Bengalinhas de açúcar · Bolo de chocolate

Cupcakes

Água
É importante beber muita água. Ela é necessária para manter todas as células do seu corpo funcionando corretamente. Os alimentos também têm água.

Dentes

Os dentes ajudam a triturar os alimentos que ingerimos, para que eles possam ser engolidos com segurança. A saliva é o líquido produzido quando você come ou pensa em comida. Ela mantém os dentes saudáveis, deixando menos ácidos os ácidos presentes nos alimentos que comemos todo dia. Do contrário, esses ácidos danificariam os nossos dentes! Sem um conjunto completo de dentes, seria difícil falar corretamente. Sua língua usa os dentes para emitir sons como o "t".

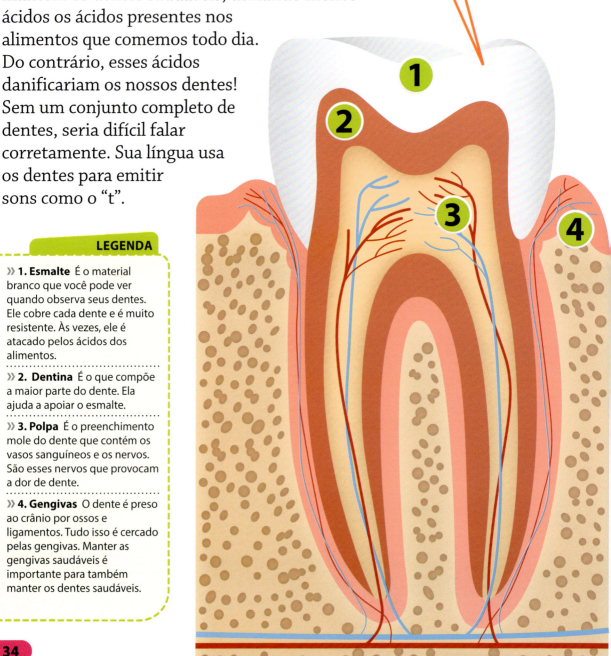

Mantendo-os limpos
Bactérias minúsculas grudam nos dentes depois que você come. Escová-los depois de comer faz com que você se livre delas.

LEGENDA

» **1. Esmalte** É o material branco que você pode ver quando observa seus dentes. Ele cobre cada dente e é muito resistente. Às vezes, ele é atacado pelos ácidos dos alimentos.

» **2. Dentina** É o que compõe a maior parte do dente. Ela ajuda a apoiar o esmalte.

» **3. Polpa** É o preenchimento mole do dente que contém os vasos sanguíneos e os nervos. São esses nervos que provocam a dor de dente.

» **4. Gengivas** O dente é preso ao crânio por ossos e ligamentos. Tudo isso é cercado pelas gengivas. Manter as gengivas saudáveis é importante para também manter os dentes saudáveis.

Da infância à fase adulta

Os dentes crescem dentro das gengivas e abrem caminho para fora. As crianças têm 20 dentes por volta dos três anos de idade. Esses dentes começam a cair aos cinco ou seis anos, quando os dentes definitivos os empurram para fora.

Dentes de leite

Dentes adultos

- Incisivos
- Caninos
- Pré-molares
- Molares

! UAU!

O **esmalte** dos dentes é a substância **mais dura** do corpo humano!

Funções diferentes

Os dentes têm formas e tamanhos diferentes. Cada tipo de dente tem uma tarefa especial para ajudar você a ingerir seus alimentos. Nós passamos pela infância sem os pré-molares!

Pré-molar
Eles não aparecem até os dez anos. Eles têm dois pontos para rasgar e uma parte plana para triturar.

Canino
Esses dentes são afiados e pontudos, e usados para rasgar pedaços de um alimento maior.

Incisivo
Eles estão bem na frente da sua boca e são usados para picar a comida em pedaços menores.

Molar
São os dentes maiores e ficam na parte de trás da boca. Eles esmagam e trituram a comida antes que você a engula.

35

O relógio biológico

Esse relógio é encarregado de dizer ao corpo o que fazer nos diferentes momentos do dia e da noite. Parte do cérebro controla o relógio biológico. Essas diferentes atividades são chamadas de ritmos circadianos. Eles são afetados pelo ambiente, como a quantidade de luz do dia, assim como seus genes.

18:00–20:59

Sentindo sono
A melatonina é um hormônio que deixa você com sono. Nós a produzimos bastante quando escurece.

15:00–17:59

Fique ativo!
Sua temperatura corporal sobe durante o dia, ficando perfeita para você se exercitar. Os órgãos estão prontos para um treino.

12:00–14:59

Cochilando
Você acabou de almoçar. O sangue corre para o seu estômago para ajudar na digestão dos alimentos. O restante do corpo e o cérebro relaxam um pouco.

21:00–05:59

Dormindo profundamente
Altos níveis de melatonina nos mantêm adormecidos. O cérebro arquiva as memórias e o corpo se repara para enfrentar o novo dia.

Luz artificial
A luz dos aparelhos eletrônicos, como os telefones, engana o cérebro para que ele ache que está na hora de acordar. É melhor não usá-los antes de dormir.

06:00–08:59

Acorde!
Pela manhã, paramos de produzir melatonina. Paramos de nos sentir sonolentos e ficamos acordados, prontos para enfrentar o novo dia.

09:00–11:59

Tempo de concentração
O cortisol (um hormônio) nos deixa em alerta. O corpo produz o cortisol durante a noite, o que significa que você trabalha melhor de manhã!

37

Genes

Qual é a cor do seu cabelo? Qual é a cor dos seus olhos? São seus genes que decidem! Eles foram passados por sua família. Os genes têm informações sobre nossa aparência física e nosso comportamento. Os genes estão em todas as células do corpo humano.

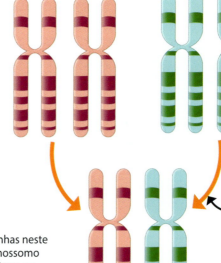

Sardas são manchas coloridas na sua pele.

Portadores genéticos

Os genes são encontrados nos cromossomos dentro de suas células. Nós temos 23 pares de cromossomos. Um cromossomo de cada par vem da nossa mãe, e um do nosso pai. As crianças parecem uma combinação dos pais porque têm genes da mãe e do pai.

As linhas neste cromossomo mostram os genes do pai.

O cromossomo da mãe tem genes diferentes.

Nem todos nós conseguimos dobrar a língua ao meio!

Habilidade genética

Habilidades incríveis

Nossos genes controlam o que podemos fazer. Por exemplo, algumas pessoas podem enrolar a língua, outras não. Se você é um dos que conseguem, é porque seus genes têm instruções sobre como fazer isso.

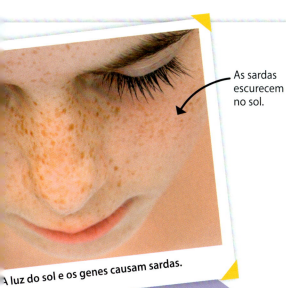

As sardas escurecem no sol.

A luz do sol e os genes causam sardas.

Genes ou meio ambiente?

Algumas características físicas são controladas principalmente pelos fatores ambientais do mundo que nos cerca. Outras, principalmente pelos genes. E há as que são controladas por ambos, como o peso.

A escada é retorcida e vive no núcleo da célula.

DNA

Os genes são feitos de DNA. Sua forma é semelhante a uma escada muito longa. Ele carrega muitas informações e é encontrado dentro das nossas células. O DNA fornece instruções para as células sobre como realizar suas tarefas para manter o corpo funcionando.

Forte e fraco

Os genes podem ser dominantes (fortes) ou recessivos (fracos). E, assim, em todos os sistemas corporais, os fortes dominam os genes fracos. A cor dos olhos, por exemplo, é controlada pelos genes. Os genes de olhos castanhos (B) são fortes, e os de olhos azuis (b) são fracos. Se alguém herdar os dois, castanho e azul, o castanho, mais forte, vencerá! No entanto, os filhos deles ainda poderão ter olhos azuis se o fraco gene azul for passado adiante.

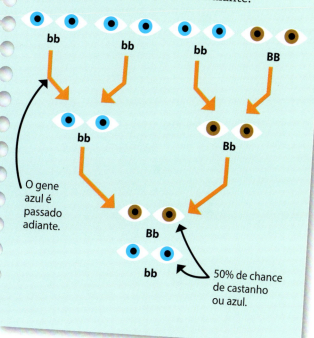

O gene azul é passado adiante.

50% de chance de castanho ou azul.

! UAU!

Temos cerca de **2 mil genes** no nosso corpo!

39

Sentidos

Exploramos o mundo à nossa volta por meio dos nossos sentidos. Minúsculos pontos em torno dos nossos corpos, chamados receptores sensoriais, coletam informações sobre o mundo exterior. Isso mantém o corpo seguro. Eles também são responsáveis por manter coisas, como a temperatura no nível certo, para que, assim, o corpo trabalhe corretamente. Sentidos especiais, como a visão, usam um órgão inteiro para coletar informações.

Receptores sensoriais

Esses pontinhos ao redor do corpo coletam informações diferentes. Quando você sente calor, seus receptores de temperatura detectam isso. Eles enviam informações para o cérebro, que diz a você para tirar o casaco para não ficar aquecido demais!

Receptores dizem ao seu cérebro que você está com calor.

Seu cérebro ajuda você a resfriar.

A temperatura corporal correta é muito importante.

Audição

A audição é um sentido especial. Ela ajuda na nossa comunicação com os outros. Ouvir sons nos ajuda a permanecer em segurança. Quando ouve um carro se aproximando, por exemplo, você sabe que não deve atravessar a rua.

TEMPERATURA

Podemos saber se algo é quente ou frio com um simples toque. Os receptores de temperatura das nossas mãos nos dão essa informação.

Pressão

Os receptores de pressão nos dizem quanta força devemos fazer para agarrar as coisas. Os receptores de pressão nos dedos dizem quanta força devemos fazer para segurar as coisas para que elas não sejam danificadas.

PALADAR

O paladar é um sentido especial. As papilas gustativas detectam diferentes tipos de sabor, informando se aquilo que você está comendo é doce ou azedo.

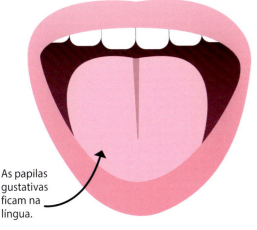

As papilas gustativas ficam na língua.

Olfato

O olfato é um sentido especial. O nariz tem receptores de cheiro. Quando você percebe cheiro de comida estragada, por exemplo, desiste de comer. Essa atitude protege o seu corpo e diminui o risco de você ficar doente ou passar mal.

Visão

A visão é um sentido especial que tem seu próprio órgão, o olho. Ao ver as coisas, seus olhos dão muitas informações sobre o mundo. Isso ajuda você a não tropeçar nas coisas!

Dor

Sentir dor não é bom, mas mantém nossos corpos seguros. Os receptores detectam a dor e então você descobre que, se não quiser sentir dor novamente, não deve bater a cabeça outra vez.

Equilíbrio

Nosso senso de equilíbrio nos ajuda a não cair. Não ter equilíbrio significa que podemos cair muito. Ser capaz de andar em linha reta significa que você tem um bom equilíbrio.

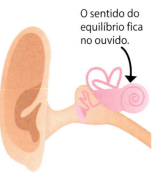

O sentido do equilíbrio fica no ouvido.

41

Olhos

A visão nos permite ver o mundo à nossa volta. Podemos ver todas as cores do arco-íris, bem como o preto e o branco, graças aos nossos olhos. Quando você sai de um quarto escuro e vai para o sol, os olhos se adaptam para que você consiga enxergar tudo.

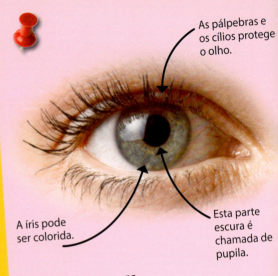

As pálpebras e os cílios protegem o olho.

A íris pode ser colorida.

Esta parte escura é chamada de pupila.

Partes do olho
Olhe no espelho para identificar as diferentes partes do seu olho. As pálpebras se fecham para evitar que seus olhos sejam arranhados.

Como funciona
Vemos as coisas claramente quando a luz atinge a retina, que fica na parte de trás do olho. A luz é focalizada na retina pela lente. Uma imagem de cabeça para baixo aparece lá para ser levada para o cérebro e virada da maneira correta.

A córnea transparente dobra os raios de luz.

Os raios de luz refletem o pato e entram nos nossos olhos.

A lente de aumento focaliza a luz na retina.

Os receptores de luz na retina detectam a visão.

O nervo óptico leva a informação para o cérebro.

42

Na luz, os músculos internos se contraem, deixando a pupila pequena.

No escuro, os músculos externos se contraem, deixando a pupila grande.

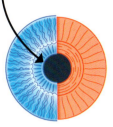
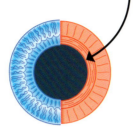

Mudando de tamanho
A íris tem músculos para mudar o tamanho da pupila sob diferentes níveis de luz. No escuro, a pupila fica maior, deixando entrar mais luz para que possamos enxergar.

A luz atinge a retina.

A luz não atinge a retina adequadamente.

Vendo claramente
A forma dos seus globos oculares afeta a maneira como você enxerga. Se o olho for muito longo, a luz não atinge a retina corretamente. Isso significa que você é míope. Óculos podem ajudá-lo a ver de forma nítida.

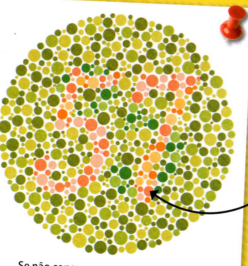

Minúsculos cones na parte de trás do olho nos ajudam a ver o vermelho e o verde.

Se não consegue ver um número aqui, você pode ser daltônico.

Daltonismo
O daltonismo ocorre quando alguém não consegue ver uma determinada cor ou não é capaz de distinguir entre duas cores.

! UAU!

O **olho** é composto sobretudo por uma **substância gelatinosa** chamada **corpo vítreo**.

43

Audição

Os ouvidos coletam todo tipo de informação sobre os sons que ouvimos diariamente. Os sons podem ser fortes ou fracos, altos ou baixos. A voz de cada um de nós tem um som diferente. Nossos ouvidos e o cérebro trabalham em conjunto para nos dizer de quem é a voz que estamos ouvindo. Ouvir nos ajuda a descobrir o que está acontecendo à nossa volta.

Separando o som

Informações sobre o quão alto são os sons e de onde eles vêm são levadas para os dois lados do cérebro. A informação percorre os nervos vestibulococleares que estão em cada ouvido.

As ondas sonoras terminam nesta parte do cérebro.

Como ouvimos

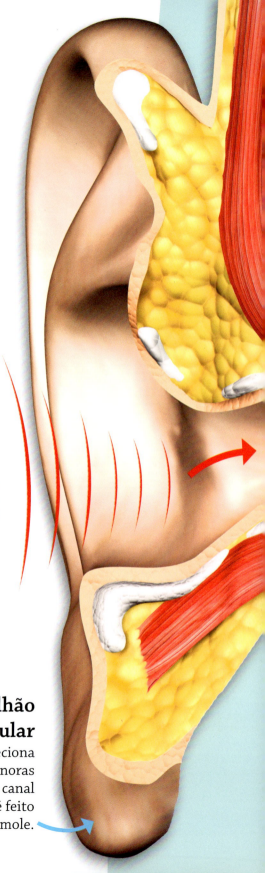

Pavilhão auricular
Coleta e direciona as ondas sonoras para o canal auditivo. Ele é feito de cartilagem mole.

44

UAU!

Os ouvidos ajudam você a manter o equilíbrio e a ouvir!

Nervo vestibulococlear
Os nervos conduzem a informação para o cérebro. Este nervo leva o som para o cérebro, que lhe diz o que você está ouvindo.

Ossos do ouvido médio
O martelo, a bigorna e o estribo são ossos do seu ouvido que se agitam quando o tímpano vibra.

Canal auditivo
Este tubo transfere o som para o tímpano. Ele deve conter cera, que o mantém saudável.

Cóclea
É ela que processa o som e também ajuda no equilíbrio. Ela parece um pequeno caracol!

Tímpano
Esta fina membrana vibra quando o som a atinge.

Tuba auditiva
Esta passagem secreta do ouvido para a garganta impede o acúmulo de pressão no ouvido.

45

Paladar e olfato

Esses dois sentidos são intimamente ligados. Se seu nariz estiver entupido, você pode não ser capaz de sentir o gosto da comida, porque é o cheiro que ajuda você a saborear. Gostos e cheiros ruins nos protegem de comer coisas que poderiam nos prejudicar, como uma comida estragada. As crianças têm mais papilas gustativas que os adultos, o que faz com que elas prefiram alimentos doces!

As papilas gustativas têm nervos que informam o nosso cérebro sobre o sabor dos alimentos.

Papilas gustativas

Você tem pequenas saliências na superfície da língua que podem ser vistas no espelho. São as papilas gustativas, que nos ajudam a experimentar diferentes alimentos.

Limão azedo

Tipos de paladar

Os quatro principais sabores são doce, salgado, amargo e azedo. Um recém-nomeado quinto sabor, chamado umami, é saboroso como o gosto de tomates ou molho de soja.

SÉRIO?

80% do **sabor** da comida vem de seu **cheiro!**

Chocolate doce

Algas salgadas

Laranjas

Olfato
Seu nariz contém minúsculos detectores de cheiros. As coisas à sua volta soltam cheiros que são captados por esses detectores e transmitidos para o cérebro. O nariz pode perceber cerca de um trilhão de cheiros diferentes!

Cheiro bom
As laranjas têm um cheiro delicioso e fazem bem a você!

Cheiro ruim
Os cangambás soltam um cheiro horrível para que outros animais não os comam!

Cangambá

Língua
Sua língua é composta por oito músculos. Ela ajuda você a falar e movimenta a comida quando você mastiga, ajudando a decompô-la para que você a engula com mais facilidade.

Pêssego mofado

Gosto ruim
Os gostos ruins são trabalhados no cérebro, que nos diz para tossir ou vomitar a comida imediatamente. Isso acontece porque ela pode não estar boa para ser comida.

Pimentão velho

Abacate podre

A parte inteligente
É a mesma parte do cérebro que informa sobre o gosto e o cheiro. É o chamado lobo parietal. Ele mistura os dois conjuntos de informação para você descobrir o sabor de um alimento.

Lobo parietal

Emoções

Emoções são aquilo que sentimos. Quando você vê seus amigos, sente-se feliz, mas um tigre provavelmente faria você ter muito medo! Sentir-se feliz, triste, preocupado e com medo... tudo é emoção. Algumas dessas emoções estão aí para nos ajudar a sobreviver. Sentir medo de um tigre impede você de se aproximar dele.

Bravo
Você pode ficar irritado se não tiver como fazer alguma coisa ou se alguém agir mal com você.

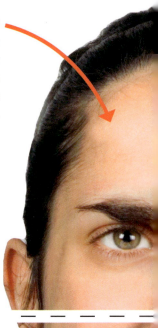

Feliz
Sentir-se feliz pode nos levar a querer repetir as ações – por exemplo, ir bem numa prova.

Na sua cabeça
O cérebro nos diz o que estamos sentindo e como reagir. Lembrar de como alguma coisa nos faz sentir nos ajuda a saber se devemos fazê-la outra vez ou não.

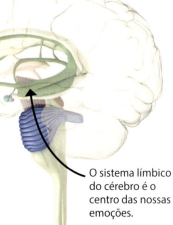

O sistema límbico do cérebro é o centro das nossas emoções.

Seus sentimentos
É normal ficar triste ou com raiva às vezes, mas a felicidade é a emoção preferida da maior parte das pessoas. Algumas atividades podem ajudar você a se sentir mais feliz.

Falar sobre os sentimentos.

Passar tempo com os amigos.

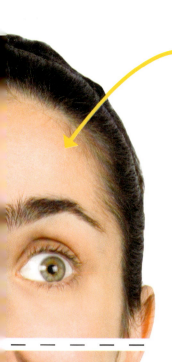

Apavorado
Quando faz algo errado, você pode ficar com medo de que alguém o denuncie!

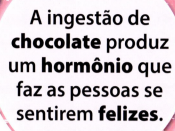

A ingestão de chocolate produz um hormônio que faz as pessoas se sentirem felizes.

A adrenalina viaja pelo corpo.

Adrenalina
Quando você está com medo, seu corpo libera um hormônio chamado adrenalina. Ele diz ao coração e a outras partes do corpo para trabalharem mais para que você possa fugir.

Triste
Podemos nos sentir tristes quando alguma coisa importante muda na nossa vida. Geralmente, a tristeza não dura muito.

As aranhas costumam deixar as pessoas apavoradas.

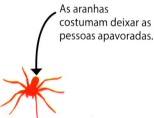

Comer alimentos saudáveis.

Fazer exercícios, como praticar algum esporte.

49

Bactérias da pele

Vários tipos de minúsculas criaturas, chamadas bactérias, vivem na sua pele. Elas formam uma comunidade que nos ajuda a manter a saúde. E garantem que a pele fique protegida contra a invasão de seres prejudiciais. Diferentes partes da pele são apropriadas para diferentes bactérias.

!**UAU!**
Existem cerca de **mil** tipos diferentes de **bactérias** vivendo na sua pele!

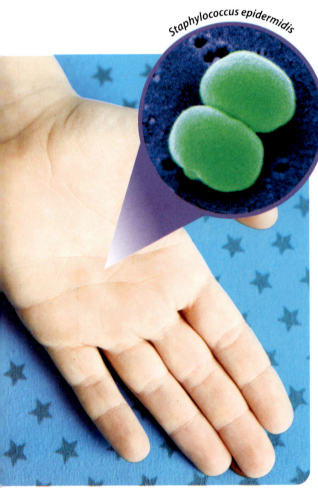

Staphylococcus epidermidis

Mãos
As bactérias são encontradas em todas as partes do corpo, especialmente nas mãos. Elas ajudam a manter a pele saudável. As bactérias que vivem permanentemente na pele são chamadas de bactérias residentes. As que apenas visitam a pele recebem o nome de transitórias.

Antebraço
Os micrococos são realmente fortes. Eles ficam felizes por viver em condições secas, como no seu antebraço. E gostam muito de sal! Isso faz com que a pele seja um bom abrigo para eles.

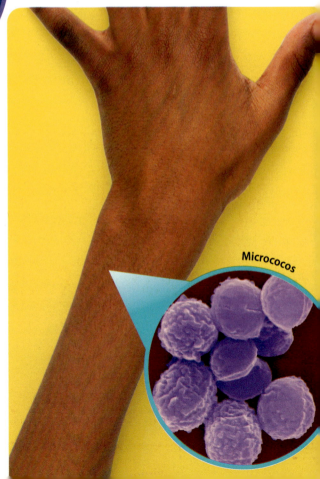

Micrococos

50

Mantendo a limpeza

Estar limpo nos ajuda a permanecer saudáveis. Ao longo do dia, nós pegamos bactérias. Existem algumas coisas básicas que você pode fazer para se manter limpo, impedindo que bactérias ruins se instalem no seu corpo.

Lave sempre as mãos depois que for ao banheiro.

Tome banho todos os dias.

Escove seus dentes depois de comer.

Corinebactéria

Nariz
Muitas bactérias boas vivem no nariz. Elas nos protegem contra a invasão das bactérias ruins. O *Staphylococcus aureus* vive no nariz. Ele pode causar doenças sérias nos pulmões se passar a controlar as boas bactérias.

Staphylococcus aureus

Axila
As glândulas sudoríparas sob as axilas produzem um suor pegajoso, que serve de alimento para as bactérias. Quando você chega à adolescência, seu suor começa a cheirar. É a bactéria que se alimenta desse suor que faz com que ele cheire!

51

BACTÉRIA E. COLI

» **Tamanho:** Dez vezes mais fina que uma folha de papel.

» **Como você se infecta:** Comendo alimentos estragados ou que não foram cozidos de forma correta.

» **Sintomas:** Dores abdominais, diarreia, febre alta e mal-estar geral.

» **Tratamento:** Beber muita água e fazer repouso.

» **Como evitar:** Lavar regularmente as mãos com água e sabão, principalmente depois de usar o banheiro.

Bactérias...

Quando pequenos seres vivos, chamados patógenos, invadem nosso corpo, ocorre uma infecção. Esses patógenos podem ser bactérias ou vírus. Eles trabalham de maneiras diferentes para nos deixar doentes.

Antibióticos

Os antibióticos entram nas bactérias para impedir que elas trabalhem corretamente. Isso faz com que as bactérias morram. Os antibióticos só funcionam se a infecção for causada por bactérias.

Bactérias

As boas bactérias nos ajudam a permanecer saudáveis. Já as ruins podem se instalar em nossos corpos, produzindo toxinas. Isso impede que as células saudáveis funcionem adequadamente. As bactérias drenam a energia do corpo, fazendo você se sentir cansado.

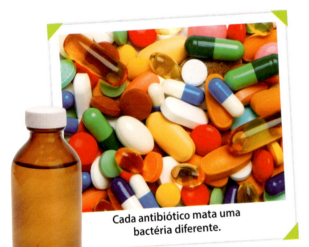

Cada antibiótico mata uma bactéria diferente.

Algumas bactérias têm caudas que as ajudam a se movimentar.

Antibióticos são medicamentos usados para tratar infecções causadas por bactérias.

SÉRIO?
As **superbactérias** são resistentes aos antibióticos e não **morrem.**

52

ou vírus?

Os patógenos tentam dominar o corpo. Eles produzem toxinas para matar as células do corpo. Mas nossos corpos sempre contra-atacam. Podemos nos sentir mal por causa dessas batalhas.

VÍRUS DA GRIPE

» **Tamanho:** Três milhões de vezes menor que uma gota d'água.

» **Como você se infecta:** Respirando o ar, geralmente depois que alguém espirra.

» **Sintomas:** Febre, tosse, cansaço, coriza e dor no corpo.

» **Tratamento:** Beber muita água, fazer repouso e continuar comendo de forma saudável.

» **Como evitar:** Tossir ou espirrar em um lenço de papel e depois jogá-lo fora. Lavar as mãos regularmente.

ATCHIIIIIM!
Vírus ruins que causam resfriados nos fazem espirrar. Esses espirros mantêm os elementos prejudiciais fora do nariz.

Vacinas
Elas são injetadas no corpo para impedir que os vírus vivam dentro de nós. As vacinas contêm uma pequena quantidade do vírus, mas não o suficiente para causar problemas.

Os vírus infectam uma célula do corpo e mudam a maneira como ela funciona.

O corpo encontra o vírus da vacina e começa a combatê-lo, e depois produz células de memória.

Vírus
Os vírus precisam entrar em uma célula antes que possam começar a trabalhar. Uma vez lá dentro, eles se multiplicam e mudam a célula. Isso nos faz ficar doentes.

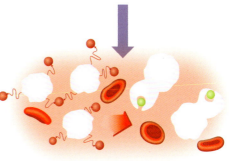

Se o mesmo vírus invade o corpo, as células de memória o matam rapidamente.

53

Exercícios

Os exercícios fazem bem ao corpo inteiro. Eles mantêm o corpo funcionando adequadamente. Deixam mais fortes os ossos e os músculos, e fazem com que nos sintamos mais felizes. Fomos criados para nos movimentar bastante, e não para ficarmos sentados por horas. Os exercícios produzem muitos efeitos positivos no corpo.

Vasos sanguíneos
Eles aumentam e assim o calor pode escapar.

2
Rosto vermelho
O coração bombeia o sangue pelo corpo rapidamente, e os músculos produzem calor enquanto trabalham. Para impedir que seu corpo fique muito quente, os vasos sanguíneos se dilatam. E você fica vermelho.

Pulmões
O corpo necessita de mais oxigênio do ar.

1
Sistema respiratório
Quando se exercita, você respira mais forte e mais rápido. Os pulmões trabalham bastante para levar oxigênio para os seus órgãos e remover o dióxido de carbono que há neles.

Beba água
Você transpira água, por isso lembre-se de repor!

3. Transpiração

As glândulas sudoríparas produzem suor quando você se exercita. Isso resfria você e mantém normal a temperatura do seu corpo.

Glândula sudorípara
O suor é uma mistura de sal e água.

> **! SÉRIO?**
> Quando você se exercita, seu coração **acelera** para **bombear o sangue** pelo corpo **mais rápido**.

4. Combustível da gordura

A gordura é armazenada sob a pele e ao redor dos órgãos. Quando nos exercitamos, a gordura é quebrada para produzir energia, fornecendo combustível para as células musculares e outros órgãos do corpo.

Célula de gordura
Um pouco de gordura é bom para produzir energia.

5. Melhora muscular

Com exercícios, as células musculares crescem e ficam mais fortes. Exercícios aeróbicos, como a corrida e a natação, mantêm o músculo cardíaco saudável.

Músculos atléticos
Os atletas têm músculos grandes.

Braço
Máquinas 3D podem escanear um braço e imprimir um novo usando material especial. As impressoras adicionam células corporais reais ao braço!

Braço impresso em 3D

Quadril
Se a articulação do quadril se rompe, os médicos retiram os fragmentos e os substituem por metal. Muitas pessoas têm próteses metálicas.

Prótese de quadril

Super-humano

Os cientistas podem fazer partes artificiais do corpo para substituir as que faltam ou não estão funcionando. Elas são parecidas e funcionam como as verdadeiras. Alguns membros artificiais podem até ser controlados pelo cérebro!

Joelho
Os ossos do joelho estão em atrito constante e podem se desgastar, provocando muita dor. Os ossos podem ser substituídos por uma articulação de metal. Isso interrompe o processo doloroso.

Prótese de joelho

56

Orelha

Se o ouvido interno não trabalha satisfatoriamente, os sons não podem ser ouvidos. Os implantes cocleares são dispositivos eletrônicos que executam o trabalho do ouvido interno.

Implante coclear

Pele

Os cientistas podem produzir pele para cobrir queimaduras profundas. Isso ajuda o corpo a se curar mais rapidamente e a pessoa se recupera em menos tempo.

Pele artificial

Artérias

As artérias que transportam o sangue do coração para outras partes do corpo podem ficar bloqueadas. Um *stent* é colocado na artéria para desbloqueá-la e mantê-la aberta.

Stent

Perna

Algumas pernas artificiais são robóticas e podem se movimentar eletronicamente. Algumas dessas pernas biônicas são controladas pelo seu cérebro.

Perna biônica

57

Corpo humano: fatos e números

O corpo humano é mais complexo que o nosso planeta todo! Aqui estão alguns fatos surpreendentes sobre seu corpo e o que ele pode fazer.

O **suco gástrico** liberado pelo estômago é tão **ácido** que pode **dissolver metal!**

Os miolos do cérebro são compostos de **75% água!**

O viscoso suco gástrico ajuda a matar germes e a digerir os alimentos.

O **osso** é seis vezes mais **forte** do que o peso correspondente de **aço!**

60 KM
O comprimento total dos nervos do corpo é de 60 quilômetros!

250 MILHÕES
Uma única gota de sangue contém cerca de 250 milhões de glóbulos vermelhos e 275 mil glóbulos brancos!

Há ferro suficiente no **corpo** para fazer um prego com **cerca de 2,5 centímetros** de comprimento.

Você tem o mesmo número de ossos no pescoço que uma girafa!

Seu coração bate mais ou menos **100 mil vezes por dia!**

Seu **nariz** pode detectar **um trilhão** de cheiros diferentes.

3.750

Diariamente, você respira ar suficiente para encher 3.750 balões!

10.000

Você pisca os olhos 10 mil vezes por dia, impedindo a entrada de poeira!

Glossário

Aqui estão os significados de algumas palavras úteis durante o seu aprendizado sobre o corpo humano.

ácido Líquido que pode dissolver coisas.

artéria Tubo que leva o sangue do coração para o corpo todo.

bactéria Minúsculos organismos que podem viver na pele ou dentro do corpo.

cartilagem Material mole usado na estrutura do corpo.

célula Pequenas partes do corpo que realizam diferentes tarefas, como combater uma infecção.

cérebro Centro de controle do corpo que diz a ele o que fazer e decifra o que sentimos e como nos sentimos.

cirurgia Reparação de algo no corpo de um paciente que não está funcionando corretamente.

coluna Coluna de ossos das nossas costas que protege a medula espinhal.

conexão elétrica Coisas unidas por um tipo de energia chamado eletricidade.

coração Órgão que bombeia o sangue pelo corpo.

digestão Processo de quebra do alimento que será usado pelo corpo.

dióxido de carbono Gás fabricado pelas células do corpo que não pode ser usado pelo corpo.

DNA Material químico de que os genes são feitos.

doença Problema que significa que o corpo não está funcionando devidamente.

energia Força que permite que as coisas continuem funcionando.

esqueleto Estrutura de ossos que compõem o corpo.

estrutura Algo geralmente composto de diferentes partes.

genes Partes do DNA que carregam instruções da aparência do corpo.

germes Bactérias ou vírus.

glândulas Partes do corpo que produzem diferentes substâncias químicas.

gordura Material existente no corpo usado para armazenar energia.

hormônio Mensageiro químico que diz ao corpo o que fazer.

infecção Vírus ou um tipo de bactéria que entra no corpo e causa danos.

injeção Uso de uma agulha para transferir líquido, como uma vacina, para o corpo de alguém.

intestinos Órgãos que absorvem os nutrientes dos alimentos e se livram dos resíduos.

ligamento Material que mantém os ossos unidos.

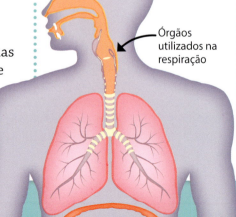

Órgãos utilizados na respiração

60

médico Pessoa treinada para curar pessoas doentes ou feridas.

meio ambiente Coisas que nos rodeiam ou estão dentro de nós.

memória Algo do passado que é mantido dentro da mente.

músculo Material existente no corpo que se contrai (encurta) para permitir um movimento.

nervo "Fio" que carrega as informações entre o cérebro e o corpo.

neurônio Célula cerebral.

núcleo Parte da célula que diz o que ela deve fazer.

órgão Parte do corpo feita de tecido que executa uma determinada tarefa, como o coração.

osso Parte de uma estrutura do corpo que dá suporte e protege os órgãos.

oxigênio Gás que permite que cada parte do corpo continue trabalhando.

pele Órgão que cobre o corpo.

processo Série de ações que são realizadas na execução de uma tarefa, como respirar.

proteína Parte de uma célula que afeta a execução de sua tarefa, ou um tipo de alimento que ajuda a desenvolver um corpo saudável.

receptor Parte do corpo que recolhe a informação.

remédio Líquido ou comprimido usado para tratar o corpo se ele não estiver funcionando corretamente.

respiração Processo de absorção de oxigênio para manter as células do corpo funcionando.

respiratório Relativo à respiração.

sangue Líquido que transporta células com diferentes funções.

saudável Que funciona adequadamente.

sensor Parte do corpo que coleta informações sobre o que nos cerca.

sensorial Que envolve um sentido, como a audição.

sentido Informação que nos diz sobre o nosso meio ambiente, como a visão.

sistema Partes do corpo que trabalham juntas para realizar uma tarefa, como a digestão.

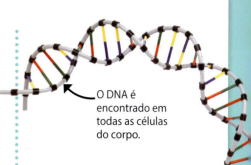

O DNA é encontrado em todas as células do corpo.

sistema imunológico Partes do corpo que trabalham em conjunto para combater uma infecção.

tecido Material no corpo formado por células semelhantes.

útero Parte do corpo feminino onde os bebês se desenvolvem.

vacina Injeção que ensina o corpo a combater uma infecção.

vaso sanguíneo Tubo que faz o sangue percorrer o corpo.

veia Tubo que transporta o sangue do corpo para o coração.

vírus Pequeno organismo que vive fora do corpo e que pode invadir as células corporais.

Índice

A
ácido 19, 31, 34, 58, 60
açúcares 32
adrenalina 49
água, beber 32
alimento 30–33, 41, 46
alvéolo 22
antibiótico 52
antígeno 24
artérias 21, 57, 60
articulações 9
asma 22
átrio 20
audição 11–12, 44–45, 57

B
bactéria 25–27, 34, 50–52, 60
bebês 6, 11
boca 31, 35
brônquio 23

C
cabelo 38
canal auditivo 45
cápsula endoscópica 30
carboidratos 33
cartilagem 8, 60
células 4–5, 12, 22, 26–27, 38, 60
cérebro 4, 10–15, 19, 29, 36, 44, 47–48, 58, 60
cirurgia 56, 61
cóclea 45
cocô 30, 33

colesterol 32
coluna 8, 61
conexões elétricas 12, 14, 19, 60
coração 4, 13, 17, 20–21, 54–55, 57, 59, 60
córnea 42
córtex motor 13
crânio 10–11
crescimento 6–7
crianças 6, 11, 35, 46
cromossomos 38
cura 28–29

D
daltonismo 43
dentes 10–11, 31, 34–35
dentes de leite 35
dióxido de carbono 20, 22, 24–25, 60
DNA 38, 60
doenças 53, 60
dor 15, 41

E
embrião 6
emoções 48–49
energia 32, 55, 60
engolir 31, 35, 47
equilíbrio 41, 45
esmalte 34–35
esôfago 31
esqueleto 8–9, 61
estômago 19, 30–31, 58
exercício 54–55

F
ferimentos 27–29
feto 6
fibra 30, 33
fígado 4, 19

G
genes 38–39, 60
gengiva 34
germes 26–27, 52–53, 60
glândulas 51, 60
glóbulos brancos 25–27, 58
glóbulos vermelhos 8, 22, 24–25, 58
gordura 32–33, 55, 60

H
hormônios 7, 36–37, 49, 60

I
impressão 3D 56
incisivos 35
infecções 52–53, 61
injeções 53, 61
intestinos 4, 16, 19, 30–31, 60
íris 42, 43

J
joelho 7, 56

L
laringe 23
lente 42
ligamentos 9, 61

62

íngua 41, 46–47
obo frontal 12–13

M

mandíbula 10, 11
mãos 7, 50
médicos 30, 60
medula espinhal 8, 13–14
medula óssea 8
meio ambiente 36, 60
melatonina 37
membrana, célula 5
membros biônicos 57
memória 12, 61
molares 35
movimento 13–14, 54–55
músculos 4, 8, 13–14, 16–17, 43, 54–55, 61

N

nariz 19, 23, 41, 46–47, 51, 59
nervos 11, 14–15, 42, 45, 58, 61
neurônios 29, 61
neurotransmissores 14
núcleo, célula 5, 61

O

óculos 43
olfato 13, 41, 46–47, 59
olhos 11, 13, 38–39, 41–43, 59
orelha/ouvido 11–12, 40, 44–45, 57
órgãos 4, 18–19, 54, 61
ossos 4, 6–11, 28, 54–55, 58, 60
oxigênio 20, 22, 24–25, 54, 60–61

P

paladar 41, 46–47
pâncreas 19
papilas gustativas 46
patógenos 52–53
pele 4, 18, 29, 50–51, 57, 61
percepção espacial 13
pernas 7, 16–17, 57
pernas artificiais 57
plaquetas 25
plasma 24
pré-molares 35
processos 61
proteína 24, 33, 61
prótese de quadril 56
pulmões 19, 22–23, 54

R

raios X 8
receptores 15, 40, 42, 61
receptores de pressão 40
receptores sensoriais 15, 40, 61
relógio biológico 36–37
remédio 61
respiração 22–23, 59, 60
retina 42
rins 4, 19

S

saliva 34
sangue 8, 20–22, 24–25, 58, 60
sangue, coágulos 28–29
sardas 38–39
sentidos 13, 40–47, 61
sentimentos 48–49
sistema digestório 5, 30–31, 60

sistema imunológico 26–27, 61
sistema nervoso 14–15
sistema respiratório 22–23, 54, 61
sistemas orgânicos 5
sono 29, 36–37
stent 57
suor 50, 54–55
superbactérias 52

T

tecidos 4, 61
temperatura 36, 40, 55
tímpano 45
transplantes 18
traqueia 23

U

umami 46
útero 61

V

vacinas 53, 61
vasos sanguíneos 11, 20–21, 24, 29, 54, 60
veias 21, 61
ventrículos 21
vírus 25–27, 53, 61
visão 13, 41–43
vitaminas 32

Agradecimentos

A editora gostaria de agradecer às seguintes pessoas: Dheeraj Arora pelo projeto da capa; Dan Crisp, Mark Clifton e Bettina Myklebust Stovne pelas ilustrações; Caroline Hunt pela revisão de provas; Hilary Bird pelo índice; Dra. Ruth Grady, Dra. Kathleen Nolan, Dr. David Hughes, Dr. Christian Heintzen, Emma Beacom e Laurence Cheeseman pela consultoria.

A editora gostaria de agradecer aos que se seguem pela gentil permissão para reproduzir suas fotografias:

(Legenda: a-em cima; b-embaixo; c-centro; f-distante; l-à esquerda; r-à direita; t-topo)

2 Dorling Kindersley: Arran Lewis (bl). **3 123RF.com:** newartgraphics (cb). **Dorling Kindersley:** Arran Lewis (cr). **Dreamstime. com:** Studio29ro (crb). **6-7 Dorling Kindersley:** Arran Lewis (todos os esqueletos). **6 Dorling Kindersley:** Arran Lewis (cb). **7 Dorling Kindersley:** Arran Lewis (cra). **8 Fotolia:** Dario Sabljak (tl). **Science Photo Library:** Microscape (br). **8-9 Dorling Kindersley:** Arran Lewis (c). **9 Dorling Kindersley:** Arran Lewis (crb). **10 Getty Images:** Sciepro (bl). **12 123RF.com:** Vitaly Valua / domenicogelermo (c). **Fotolia:** Cantor Pannatto (br). **13 123RF.com:** Jacek Chabraszewski (tl). **Dorling Kindersley:** The All England Lawn Tennis Club, Church Road, Wimbledon, London (ca). **Fotolia:** Ramona Heim (cr). **18 Alamy Stock Photo:** dpa picture alliance archive (cl). **19 Alamy Stock Photo:** leonello calvetti (cr); Friedrich Saurer (tr). **21 Dreamstime.com:** Rafael Ben-ari (tr). **24 Science Photo Library:** Antonia Reeve (bl). **25 Dreamstime.com:** Studio29ro (crb). **Science Photo Library:** Steve Gschmeissner (tl, c). **30 Alamy Stock Photo:** David Bleeker Photography (bc). **32 123RF.com:** jessmine (cb); Sergey Mironov / supernam (cra); Viktar Malyshchyts / viktarmalyshchyts (c). **33 123RF.com:** amylv (crb). **Alamy Stock Photo:** Hugh Threlfall (clb). **35 Dorling Kindersley:** Arran Lewis (cb). **37 Dreamstime.com:** Daniel Jędzura (cra). **39 Dreamstime.com:** Marilyn Barbone (tl). **43 123RF.com:** Rangizzz (cr). **Alamy Stock Photo:** Phanie (cl). **47 123RF. com:** Eric Isselee (cra). **Dorling Kindersley:** Stephen Oliver (clb). **50 Getty Images:** Media for Medical / Universal Images Group (c). **Science Photo Library:** Dennis Kunkel Microscopy (br). **51 Alamy Stock Photo:** BSIP SA (cl). **Getty Images:** BSIP / Universal Images Group (cb). **52 123RF.com:** photka (clb). **Science Photo Library:** Steve Gschmeissner (r). **53 Science Photo Library:** Dennis Kunkel Microscopy (l). **54 Dreamstime.com:** Akulamatiau (br). **55 123RF.com:** newartgraphics (bc). **56 123RF. com:** Sebastian Kaulitzki (ca); Tushchakorn Rushchatrabuntchasuk (bc); lightwise (crb). **Getty Images:** St. Louis Post-Dispatch / Tribune News Service (tc). **57 Alamy Stock Photo:** Kathy deWitt (tc); Guido Schiefer (tl). emPOWER™ Imagem do tornozelo fornecida com permissão de BionX Medical Technologies, Inc.°: (cb). **Science Photo Library:** H. Raguet / Eurelios (ca). **58 Alamy Stock Photo:** CVI Textures (br). **62 Dorling Kindersley:** Arran Lewis (tl). **64 123RF.com:** newartgraphics (tl)

Imagens da capa: Frente: **123RF.com:** newartgraphics br; **Alamy Stock Photo:** l; **Dorling Kindersley:** Arran Lewis (fclb); Contracapa: **Alamy Stock Photo:** Guido Schiefer (cla); **123RF.com:** amylv (cla), Sebastian Kaulitzki (bl); **Dreamstime.com:** Sam74100 (cra); **Fotolia:** Dario Sabljak (cb); **Dorling Kindersley:** Natural History Museum, London (clb), Wardrobe Museum, Salisbury (crb); **Getty Images:** Nash Photos (cra); **iStockphoto.com:** Naumoid (ca); **123RF.com:** David Carillet (tc), Sam74100 (bc) (mãos); **Alamy Stock Photo:** Art Directors & TRIP (clb), Photo Researchers, Inc. (cr); **Dorling Kindersley:** Thackeray Medical Museum (fcra); **Getty Images:** Science & Society Picture Library (cra); **iStockphoto.com:** Wynnter (bc); **Wellcome Images** http://creativecommons.org/licenses/by/4.0/: (fcl), (fcrb), Iconographic Collections (c), Rare Books (cl), (c) (Página do livro); **123RF. com:** Jovannig (c) (Feto), Molekuul (tc); **Alamy Stock Photo:** Marion Kaplan (cra), Trinity Mirror / Mirrorpix (crb); **Dorling Kindersley:** Thackeray Medical Museum (cla); **Getty Images:** Alfred Eisenstaedt / The LIFE Picture Collection (c), Bettmann (bl), Karen Bleier / AFP (ftr), Mark Runnacles (fbr); **Science Photo Library:** CCI Archives (fcla); **Wellcome Images** http://creativecommons.org/licenses/by/4.0/: Iconographic Collections (fcl)

Todas as outras imagens © Dorling Kindersley